AF360108

NOTICE

SUR

LOUIS CALAMATTA,

ASSOCIÉ DE L'ACADÉMIE.

Extrait de l'*Annuaire de l'Académie royale de Belgique*,
quarante-huitième année, 1882.

NOTICE

LOUIS CALAMATTA,

GRAVEUR,

SUIVIE DU CATALOGUE DE L'ŒUVRE DU MAITRE.

PAR

LOUIS ALVIN,

MEMBRE DE L'ACADÉMIE.

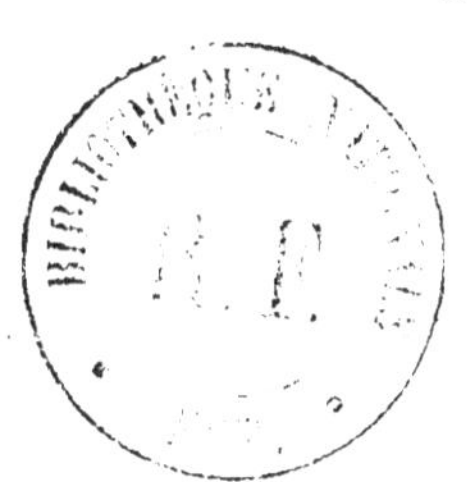

BRUXELLES,

F. HAYEZ, IMPRIMEUR DE L'ACADÉMIE ROYALE.

1882

NOTICE

SUR

LOUIS CALAMATTA,

ASSOCIÉ DE L'ACADÉMIE,

né à Civita-Vecchia le 24 juin 1801, mort à Milan le 8 mars 1869.

— —

Si la biographie d'un artiste réside surtout dans l'appréciation raisonnée de son œuvre, nous tenons cependant à
connaître les circonstances de sa vie, et ce n'est point vaine
curiosité; le milieu dans lequel il a vécu, les personnes et les
faits avec lesquels il s'est trouvé en contact ont exercé une
influence sur son caractère et par conséquent sur l'esprit de
ses travaux et le développement de ses aptitudes naturelles.
Lorsqu'il s'agit d'un étranger dont le passage parmi nous a
été de trop courte durée, il convient aussi d'examiner à quel
besoin répondait l'appel qui lui a été adressé, comment il a
accompli la tâche à laquelle on le destinait.

On sait de quel éclat a brillé l'art de la gravure aux Pays-
Bas durant le XVIe et le XVIIe siècle; on sait aussi à quel
degré de décadence cet art était descendu dès la seconde
moitié du XVIIIe. C'était au point que, au commencement de

celui qui s'achève, il n'en restait plus que de faibles traces,
et ces traces semblaient devoir être elles-mêmes effacées à
l'apparition de la lithographie. C'est à cette situation presque
désespérée qu'un peintre belge, un peu trop oublié aujour-
d'hui, essaya de porter remède en inspirant à M. le comte
Amédée de Beauffort, directeur général des Beaux-Arts, l'idée
de la création d'une école de gravure à Bruxelles. Paelinck
était passionné pour les productions du burin des graveurs de
la fin du XVe et du commencement du XVIe siècle; il avait
réuni une riche collection de ce que l'on peut appeler les
incunables de cet art ; il déplorait amèrement l'abandon de
ces procédés qui assurent presque l'éternité aux productions
du pinceau. La lithographie menaçait de détrôner la gravure,
c'est à la lithographie qu'on s'adressa pour sauver sa rivale.
Un homme d'une rare intelligence, français d'origine, avait
fondé, dans la capitale des provinces méridionales du
royaume des Pays-Bas, un établissement de dessin et d'impri-
merie lithographique; c'est là que notre confrère Madou a
fait ses premières armes ; à l'établissement de M. Jobard
avait succédé celui de M. Dewasme-Pletinckx. Une réunion
d'amis des arts avait fondé, auprès de cette entreprise parti-
culière, une société sous le titre de *Association nationale
pour favoriser les Beaux-Arts*. D'importants ouvrages, illus-
trés par le crayon de nos artistes, avaient vu le jour sous le
patronage de cette société; le comte Amédée de Beauffort, qui
en était le président, décida le Gouvernement à décréter l'an-
nexion d'une école de gravure à l'établissement lithographique de Dewasme-Pletinckx. L'arrêté royal qui institue
cette école porte la date du 25 juillet 1836. Le programme
comportait, dès l'origine, des cours de dessin confiés à des
artistes éminents, Van der Haert, Madou, Lauters. La gra-

vure sur bois était enseignée par M. Brown. Les moyens
dont disposait la nouvelle institution laissaient encore beau-
coup à désirer. Cependant, avec ces éléments incomplets,
Dewasme-Pletinkx et l'association dont il vient d'être parlé
parvinrent à accomplir des travaux qui ont marqué à cette
époque, qui ont encore aujourd'hui une réelle valeur artistique, mais dans lesquels la lithographie et la gravure sur
bois sont presque exclusivement employées. La gravure au
burin et la taille-douce n'y figurent que par la reproduction,
au simple trait, de quelques tableaux de l'Exposition nationale des Beaux-Arts de l'année 1836.

Il manquait à l'École un maitre de gravure à la hauteur
des progrès que cet art avait accomplis dans d'autres pays,
notamment en Angleterre, en Allemagne, en France et en
Italie. C'était l'unique moyen d'atteindre le but assigné à
l'école nouvelle. Louis Calamatta fut appelé à la chaire
de gravure de l'institution, définitivement constituée, le
25 juin 1836.

Le professeur, résidant habituellement à Paris, s'était en-
gagé à passer six mois chaque année à Bruxelles. Pendant
dix ans, les choses marchèrent de cette manière ; mais un
arrangement intervenu entre le Gouvernement et la ville de
Bruxelles réunit l'École de gravure à l'Académie des Beaux-
Arts. Calamatta reçut alors le titre de professeur de l'Académie, titre auquel il joignit celui de directeur de l'École de
gravure. Il habita dès lors l'hôtel dans lequel l'école était
installée. Il y avait rassemblé, en amateur passionné, un
grand nombre d'objets artistiques et de haute curiosité qui
formaient un charmant petit musée. Il réunissait souvent à
sa table les Italiens résidant alors à Bruxelles : l'avocat Armel-
lini de Rome et son fils ; Bramani, professeur de langue et de

littérature italienne au Conservatoire royal de musique ; son élève Lelli, graveur romain ; le peintre Dell'Acqua et le poëte Dall'Ongaro, auxquels se joignaient quelques Belges tels que notre illustre confrère Quetelet. La chère Italie était l'objet de leurs entretiens ; tous en attendaient la délivrance.

Durant les quinze années que Calamatta demeura à la tête de l'enseignement de la gravure à Bruxelles, son école produisit un nombre considérable d'artistes dont plusieurs acquirent une célébrité européenne. Il suffira d'en citer les noms : Joseph Franck et Joseph Demannez, que l'Académie royale a appelés dans son sein, J.-B. Meunier, Gustave Biot, A. Danse, Fr. Demeersman, Aug. Numans (paysagiste), David Desvachez (français), Léopold Flameng, Guil. Davidson (anglais), J. Thévenin, Morelli et Lelli (italiens), Martinez (espagnol), Daniele-Maesse, Corremans, Gilbert, qui a abandonné la gravure pour un emploi à la division des travaux publics de la ville de Bruxelles, Van der Sypen, Delboete et Falmagne, morts trop jeunes, ainsi que Feignart, Deppe, Pluche, Demander et Guermonpré.

Quel était cet artiste que le Gouvernement belge appelait à son aide pour régénérer, dans notre pays, l'art de la gravure ? D'où venait-il ? quels étaient ses titres à la confiance qu'on plaçait en lui ?

Louis Calamatta est né à Civita-Vecchia le 21 juin 1801. Il eut pour premier maître de dessin Giangiacomo, peintre à Rome ; il apprit les éléments de la gravure sous la direction de Ricciani. Il passa, à l'âge de 16 ans, chez Marchetti, issu de l'école de Volpato. Il avait déjà gravé, sous la direction de son premier maître, une planche que celui-ci avait jugée digne d'être publiée.

Calamatta vint à Paris en 1823 et y exposa ses pre-

mières planches en 1827. Le *Vœu de Louis XIII*, com-
mencé dès 1825, ne vit le jour qu'en 1857. Cette page
magistrale traduisant une œuvre de la plus haute valeur du
peintre français Ingres, produisit une grande sensation et
attira sur l'artiste l'attention du directeur général des Beaux-
Arts de Belgique, préoccupé alors de l'idée de renforcer l'enseignement de l'École de gravure. M. Jules Dugniolle fut
chargé par son chef de se rendre à Paris et de faire
à Calamatta des propositions qui furent acceptées. Si ce
choix avait encore besoin de justification, on pourrait l'ap-
puyer de l'opinion d'un des critiques les plus autorisés de
l'époque. Dans un article qu'il consacre au *Vœu de Louis XIII*,
Gustave Planche, après avoir apprécié d'une façon générale
la manière du peintre et les qualités qu'il a déployées dans
ce tableau, analyse l'interprétation qu'en a donnée le burin
de Calamatta. Il loue le graveur du style sobre et ferme qu'il
y a appliqué, afin de faire valoir les qualités particulières
de son modèle. « La tête, les mains et les vêtements de
Louis XIII sont traités, dit le critique, avec une simplicité
pleine d'élégance; les mains surtout sont dessinées avec une
précision à laquelle nous ne sommes pas habitués. L'étoffe
et les ornements du manteau se détachent hardiment sur le
fond de la planche, mais ne distraient pas l'attention. La den-
telle qui couronne le manteau et le satin des manches sont
d'une légèreté au-dessus de tout éloge. Le burin a suivi le
pinceau pas à pas, avec une fidélité religieuse. Nous avons
beau regarder pour la vingtième fois tous les détails du roi
agenouillé, il nous est impossible de découvrir un seul point
où le burin ait bronché. La patience et le savoir du graveur
ont tenu bon jusqu'au bout. Ce que nous ne saurions trop
louer dans cette figure, c'est la sobriété des moyens employés

par Calamatta: il n'y a pas de trace de charlatanisme. Son Louis XIII est une belle et simple figure, purement dessinée et colorée autant qu'elle doit l'être pour s'accorder avec le reste de la composition. »

En 1851, Calamatta avait visité la Hollande et y avait exécuté quelques travaux et même de la lithographie.

Son *Vœu de Louis XIII* lui avait valu l'étoile de la Légion d'honneur (1). Tels étaient les antécédents du maître que la Belgique venait d'appeler à elle.

L'École de gravure, après avoir été annexée à l'Académie royale des Beaux-Arts de Bruxelles, par l'arrêté du 5 novembre 1848, cessa d'exister en 1862. L'administration de la capitale l'avait acceptée des mains du Gouvernement moyennant une subvention de 12,000 fr. par an, imputée sur le budget de l'État. L'enseignement de la gravure a disparu du programme de l'Académie des Beaux-Arts depuis le départ de Calamatta; il n'y a point été rétabli.

Calamatta avait été élu le 8 janvier 1847, associé de la classe des Beaux-Arts de l'Académie royale de Belgique (2).

En 1859, le 26 novembre, le Gouvernement avait institué un Conseil de perfectionnement de l'enseignement des arts

(1) Voici, d'après la biographie de R. Ojetti, les autres distinctions dont Calamatta a été honoré : Officier du même ordre, le 14 novembre 1855 ; chevalier de l'ordre de Léopold de Belgique, le 8 octobre 1850 ; commandeur de l'ordre de Charles III d'Espagne, le 11 mars 1857; chevalier de l'ordre des Sts-Maurice et Lazare, le 18 août 1860 ; officier du même ordre, le 1er juin 1862 ; chevalier de l'ordre Civil de Savoie, le 16 juillet 1863.

(2) Il fut élu correspondant de l'Institut de France, le 22 janvier 1848, membre de l'Académie de Florence, le 12 septembre 1852 et de l'Académie de St-Luc, à Rome, le 29 janvier 1858.

du dessin. L. Calamatta en fit partie durant les sessions de
1860-61-62. Il y défendit les principes de l'enseignement
classique et du bon goût. Dans la question des modèles, il se
montra partisan un peu trop exclusif de la copie du modèle
estampe comme moyen d'enseignement. Il ne pouvait guère
en être autrement d'un artiste dont la vie entière avait été
occupée du soin de rendre par les traits du burin les moindres
détails du modelé des figures. Lui-même avait gravé, d'après
les maîtres de la Renaissance italienne, une collection de
modèles destinés à être employés dans les académies.

En 1861, Calamatta retourne dans sa patrie qui venait
d'être partiellement affranchie de la domination étrangère.
Ses concitoyens l'avaient appelé à la chaire de gravure à
l'Académie royale de Brera, à Milan.

Le maître avait conservé des relations épistolaires avec
quelques-uns de ses élèves de la Belgique, notamment avec
Joseph Demannez. Notre confrère a bien voulu me com-
muniquer plusieurs lettres de son maître. J'y ai trouvé quelques indications qui ont leur intérêt ; je me permets de
les reproduire.

A la date du 5 avril 1863, Calamatta lui écrit de Milan ; il
lui donne des nouvelles de la planche à laquelle il travaille
pour la chalcographie de Rome : *La dispute du Saint-Sacrement*, d'après les stances de Raphaël. « J'ai couvert toutes
les draperies, écrit-il, et je suis aux têtes : c'est un ouvrage
qui m'effraye davantage à mesure qu'il avance. — Enfin, j'y
suis, j'irai jusqu'au bout sinon de ma planche, du moins de
ma vie. »

Le 19 novembre de la même année, il écrit dans un *post-
scriptum* : « Il y a un de mes amis qui a voulu encadrer
tous mes ouvrages et ceux de mes élèves ; j'ai dû donner

l'épreuve de *Paul et Virginie* (gravé par Franck, d'après Van Lérius), le grand paysage de Numans, imprimé en bistre, et l'*Enterrement* de Gilbert. Je voudrais les recevoir même en les payant. » Il s'agit ici du *Convoi au Désert* d'après J. Portaels.

M. Joseph Demannez lui avait envoyé une épreuve de sa gravure de *Roméo et Juliette*, d'après Ch. Jalabert : Calamatta le félicite de ce travail. « C'est une belle chose, lui écrit-il, et si, comme je le suppose, vous l'avez améliorée sous le rapport des finesses de dessin, ce sera une magnifique gravure et une nouvelle feuille de laurier que vous mettrez à ma couronne. » Il lui dit, dans cette même lettre, que la guerre l'empêchera de réaliser le projet qu'il avait formé de venir en Belgique.

Au 20 novembre de la même année, après lui avoir adressé ses compliments de condoléance à l'occasion de la mort de sa mère, Calamatta donne à son élève le conseil de venir, pour se distraire, travailler à Milan où lui-même n'est rentré que depuis peu. Une note mélancolique termine cette lettre. Il a l'intention d'aller à Paris voir l'Exposition et de pousser jusqu'à Bruxelles, « dire peut-être le dernier adieu aux amis. »

La plus récente de ces lettres est datée de Nohan, 30 mai 1867. Elle félicite Demannez à l'occasion de son mariage. Le maître vient de voir, à l'Exposition de Paris, la gravure de *Roméo et Juliette* entièrement achevée, il en fait son compliment à l'artiste.

Ce n'est qu'après Sadowa que l'Italie fut entièrement affranchie. Le patriote, bien qu'âgé alors de soixante-cinq ans, avait cru devoir répondre à l'appel de son pays; il avait endossé la blouse et pris le mousquet du volontaire. Je me

souviens qu'au mois de septembre 1866, j'allai frapper à sa
porte, à Milan ; je n'eus point la satisfaction de lui serrer la
main comme je l'avais espéré ; il me fut répondu : « M. Calamatta n'est point encore revenu de l'armée. » Il ne survécut
guère à l'affranchissement complet de sa patrie. Le 8 mars
1869 il rendait le dernier soupir, à Milan, laissant inachevée
sa dernière œuvre : *La dispute du Saint-Sacrement.*

Calamatta avait vécu à Paris dans un milieu des plus
intelligents, avec les artistes, les savants et les gens de
lettres. Son œuvre montre quelles relations intimes il eut
avec Ingres, l'illustre chef de l'école française à cette époque.
Lorsqu'il avait songé à se donner une compagne, c'est la fille
d'un savant, de Raoul Rochette, artiste elle-même, qu'il avait
épousée et l'enfant unique issue de ce mariage a épousé le fils
d'une des grandes célébrités littéraires de la France, M. Maurice Sand.

Nous connaissons deux bons portraits de Calamatta : une
lithographie dessinée par Baugniet pour un recueil intitulé
Portraits d'artistes contemporains. La collection n'a pas été
continuée, elle ne compte que 30 planches accompagnées cha-
cune d'un texte donnant la biographie très-abrégée du personnage. Notre graveur y est représenté un peu plus qu'à
mi-corps, drapé dans son manteau. Ce portrait rend fort bien
sa physionomie, son allure en 1837.

L'autre portrait, dessiné à Paris en 1828 par Ingres, a été
reproduit en fac-simile par D. J. Desvachez, en 1858, avec
cette dédicace : *Hommage d'amitié à M. L. Calamatta. Son
élève.* Celui qui accompagne la présente notice a été gravé
par J. Demannez, d'après un portrait peint, vers 1845, par
madame Calamatta, née Raoul Rochette.

Depuis la publication du *Vœu de Louis XIII.* qui a assis

définitivement la réputation du maître; le talent de Calamatta
s'est perfectionné; il a acquis une plus grande puissance avec
un charme nouveau. On peut regarder comme le spécimen de
l'apogée de son habileté la gravure de la *Joconde*, d'après
Léonard de Vinci, estampe dans laquelle il a uni à la vigueur
du burin le moelleux de l'aquatinte afin de rendre la suave
douceur du pinceau de son modèle.

La Bibliothèque royale de Belgique possède l'œuvre à peu
près complet de l'illustre artiste qui a rendu à notre pays
l'éminent service de ressusciter, parmi nous, et de remettre
en honneur un art qui avait jadis été une des gloires de la
patrie. Recueillir ces précieux témoignages des talents du
maître était pour nous comme un devoir de gratitude nationale. Grâce à cette circonstance et au catalogue rédigé, avec
tant de compétence, par le conservateur du cabinet des
estampes, M. H. Hymans, je puis placer à la suite de cette
notice la liste la plus complète que l'on connaisse de l'œuvre
du maître.

POST-SCRIPTUM.

La notice qu'on vient de lire allait être mise sous presse
lorsque M. G. Biot. un des élèves les plus distingués de
Calamatta, m'apprit qu'il existait à Civita-Vecchia une
collection complète de l'œuvre de son maître. Je m'em-
pressai d'écrire au Syndic de la ville natale du graveur,
ainsi qu'à madame Maurice Sand, afin d'obtenir, si pos-
sible, une copie du catalogue de la collection. La digne
fille de Calamatta me répondit, courrier pour courrier :
« Passy, 9 décembre 1881. En effet, il existe, à Civita-

Vecchia, chez M. le commandeur Cialdi, la collection complète des œuvres de mon père et la liste en est dressée dans une biographie publiée à Rome. Je viens d'écrire à Nohant, afin qu'on m'envoie un exemplaire de cette biographie par le retour du courrier. — Je n'en ai pas un seul ici — et je me ferai un plaisir de vous l'envoyer après demain. Donc, vous n'aurez pas grand retard et vous donnerez sciemment la liste complète de cette collection unique que pourront visiter les amateurs de passage à Civita-Vecchia, car notre ami Cialdi doit la léguer à la ville natale de mon père. »

L'arrivée de la biographie ne s'est point fait attendre. C'est une brochure de trente-deux pages, format in-folio, suivie du catalogue qui en occupe sept autres. En tête se trouve un portrait de Calamatta en costume de garibaldien, signé G. Mancion.

Le titre : *Luigi Calamatta incisore. Roma dalla tipografia romana Piazza Poli dal 7 al 13. 1874.* L'auteur se nomme Raffaello Ojetti.

Je puise dans cette notice quelques détails qui manquent à la mienne sur la famille et sur les premières années de l'artiste.

L'aïeul paternel de Calamatta portait le prénom de Michel-Angelo ; c'était un ingénieur hydraulique, venu de Malte, et qui avait épousé une parente du pape Pie VI. Il avait donné des preuves de ses talents par des travaux exécutés tant à Rome qu'à Civita-Vecchia. Des deux enfants nés de son mariage l'un, François, fut le père de Luigi et de son frère aîné, lequel portait le prénom de l'aïeul. Celui-ci embrassa la carrière des armes et fit partie de la garde de Napoléon Ier. Orphelin de père et de mère à l'âge de sept ans, Louis dont son oncle maternel, Michel Natali, avait accepté la tutelle,

fut placé, moyennant une modique rétribution, en qualité
d'élève à l'hospice Saint-Michel. Les directeurs, qui ne se
doutaient guère de ses dispositions naturelles pour les Beaux-
Arts, l'avaient d'abord placé dans l'atelier du lainage. Mais
l'enfant ayant contracté une grave maladie des yeux, entra,
dès qu'il fut rétabli, à l'école de gravure, ouverte dans la
même pieuse institution. C'est là qu'il rencontra des condi-
sciples qui sont devenus des artistes célèbres, notamment
Mercuri, Mancion, Floridi et d'autres encore, avec lesquels
il demeura toute sa vie en relation d'amitié. Il eut pour
maîtres dans cette école Francesco Giangiacomo, Antonio
Ricciani et en dernier lieu Marchetti. Une émeute d'élèves
dans laquelle son caractère généreux l'avait entraîné le fit
expulser. Il avait déjà exécuté pour le compte de l'établissement la copie d'une estampe d'après Allori, représentant la
Madone et l'enfant Jésus. Cette pièce figure sous le nº 1er de,
la collection Cialdi, et manque à la nôtre.

Le jeune orphelin aurait pu rentrer à l'école dont les
portes lui eussent été volontiers ouvertes, mais il n'y consentit
point; l'enceinte de Saint-Michel ne lui offrant qu'un hori-
zon trop borné pour son génie

Il se retira chez son maître Marchetti où il rencontra la
sympathie et les soins paternels que lui-même, plus tard,
rendit à ses propres élèves dont il sut se concilier l'estime
et la reconnaissance autant que l'admiration.

Je puise encore dans l'écrit de Raphaël Ojetti les détails
suivants : L'achèvement de la planche de la *Dispute du
Saint-Sacrement* a été confié par le Gouvernement à un ami
de Calamatta, le graveur Louis Cerroni.

La mort de notre artiste produisit une grande sensation
dans toute l'Italie; la municipalité de Milan lui fit de solen

nelles obsèques, semblables à celles qu'elle avait décrétées pour Joseph Longhi. Le deuil fut général à Civita-Vecchia, où, un an à peine auparavant, — le 8 août 1868, — Calamatta avait été l'objet d'une réception triomphale.

La place où est située la maison où il est né, porte aujourd'hui le nom de l'artiste. Une plaque de marbre incrustée dans la muraille de cette maison rappelle que c'est le lieu de sa naissance. Elle est ainsi conçue :

NAQUE IN QUESTA CASA

IL SOMMO INCISORE

LUIGI CALAMATTA

CHE FU

L'AMMIRAZIONE D'EUROPA

ANZI DEL MONDO.

Rome honora aussi sa mémoire en plaçant sur la colline du Pincio, devenu comme le panthéon des illustrations d'Italie, le buste en marbre de l'artiste, œuvre du sculpteur romain Cerutti.

Le catalogue qui suit a été complété au moyen de celui de la collection Cialdi ; il est donc le plus complet qui existe jusqu'aujourd'hui.

———

N. B. L'honorable syndic de Civita-Vecchia a eu également l'obligeance de m'adresser un exemplaire de la brochure de R. Ojetti en l'accompagnant d'une lettre qui contredit, sur un point, les renseignements que m'a fournis madame Maurice Sand, à savoir que M. le commandeur Cialdi habite toujours Rome où se trouve la collection de l'œuvre de Calamatta promise d'ailleurs à la ville natale du graveur.

LISTE GÉNÉRALE

DE

L'OEUVRE DU GRAVEUR LOUIS CALAMATTA.

OEUVRES DATÉES.

1. *La Vierge et l'Enfant Jésus*, d'après Allori. 1816.
2. *Sainte-Fidèle martyre*, d'après Ingres. 1818.
3. *Vignette pour la confrérie de la Confirmation*, établie à Saint-Jean de Latran. 1818.
4. *Bajazet et le berger*, d'après De Dreux-Dorcy. 1827.
5. Portrait de *Chéron*, acteur de la Comédie française, d'après Deveria. 1827.
6. Portrait de *Mlle Leverd*. 1827.
7. *Ecce Homo*, d'après le Guide, avec Trasmondo. 1822
8. *Jean-Baptiste Rousseau*. 1824.
9. Portrait de *Venanapoe*. 1825.
10. *Quatre bustes et quatre revers de médailles*. 1825.
11. *Duclos-Marcotte*, d'après Ingres. 1825.
12. *Paganini*, d'après Ingres, fac-simile d'un dessin fait à Rome en 1818. 1830.
13. *Le masque de Napoléon* d'après le moulage du docteur Anto-marchi. — vu de face 1821.

    N. B. La même donnée a été reproduite en manière noire par Calamatta (nous ignorons si cet essai a été publié). En 1840, à l'occasion de la rentrée des cendres de l'Empereur, Calamatta reprit le même motif; le masque entouré de lauriers et surmonté de l'étoile de la Légion d'honneur est vu de profil. C'est peut-être la planche la plus délicate du maître. L'arrangement du masque appartient, dit-on, à Ingres.

14. *Gionnane Poeta* incise dal vero. Figure à mi-corps, in-fol. 1831.

15. *Taurel* (B), le graveur; essai de clair-obscur, en buste, 1832 (?).

16. *Taurel* (C. E.), enfant, pointe sèche, d'après nature (très-rare), buste in fol. 1832.

17. *Ingres.* d'après lui-même, fac-simile . in fol . 1835.

18. *M. Martin*, d'après Ingres, fac-simile d'un dessin de 1825. 1835.

19. Portrait de *Solazzo*, d'après nature. 1828.

20. *L'épée d'Henri IV*, d'après le tableau d'Ingres. 1831.

21. Portrait de *Thevenin*, profil d'après nature. 1831.

22. *Allégresse de la peinture*, d'après le même.

23. *Léopold Ier*, *roi des Belges*, d'après un dessin fait en 1817 par George Hayter (gravé antérieurement par Lewis.) 1836.

24. *La Joconde*, d'après Léonard de Vinci, in-fol. 1837.

25. Id. id. (dans un format plus grand). 1837.

26. *Le vœu de Louis XIII*, d'après Ingres. (Le pendant de la Madone de Foligno de Raphaël gravée par Desnoyers.) 1837.

27. *Guizot*, d'après Paul Delaroche. 1839.

28. *George Sand*, d'après nature. Ce portrait a été souvent remanié Il faut l'avoir avant le fond. 1840.

29. *Molé*, d'après Ingres. 1840.

30. *Murillo* pour la galerie Aguado. 1842. Le 1er état porte : *se ipsum pinxit*, le 2e état: *Murillo pinxit* et la date 1842, à la suite du nom de Calamatta, 3e état avec le timbre de Gavard, éditeur de l'ouvrage sur la galerie Aguado.

31. *Ferdinand Philippe duc d'Orléans* d'après Ingres ; figure à mi-corps, publiée avant le fond, plus tard complétement amenée au ton des habits et des fonds. 1842.

32. *Le Pape en costume pontifical et deux cardinaux*, eau-forte d'après Mercuri. 1835.

33. Groupe de la procession du *Corpus Domini*, d'après le même. 1835.

34. Portrait de *George Sand*, en costume masculin. 1836.

35. Portrait de *Sanuti*, d'après le buste de Legende-Evalde, 1837.

36. Portrait de *Simonetta*, d'après Sandro Botticelli. 1838.

37. *Masaccio*, tête seule d'après Masaccio. 1er état avant l'attribu-tion à Masaccio sous le nom du personnage, in-4°. 1843.

38. *Françoise de Rimini*, d'après Ary. Scheffer. Publié d'abord chez Gache, puis chez Dusacq. (Les épreuves avant la lettre se ven-dent 500 francs.) 1843.

39. *Isabel Secunda*, Reina de Las Españas, d'après Madrazzo, ovale, in-8°. 1846.

40. Id. id. gravé une seconde fois en 1852, dans le même format, d'après le même portait, avec un encadrement surmonté d'une couronne.

41. *Lamennais; advivum delineavit*, in-fol. 1847.

42. *Sainte Cécile*, d'après Van Eycken, manière noire en collabora-tion de L. Lelli. 1850.

43. Portrait de M. *Rooman de Block*, sénateur, en manière noire, gravé avec L. Lelli d'après Van Hanselaere.

44. *Oh!* (des paysans d'après Madou), de la fête artistique de 1851, gravure exécutée avec M. Biot. 1851.

45. *Tête d'ange*, d'après Luini. 1842.

46. Portrait de *Raphaël*, d'après lui-même. 1842.

47. Portrait de profil *de Solivo*, terminé par Calamatta. 1851.

48. Études d'après Raphaël, figures extraites de la *Dispute du Saint-Sacrement*, de l'*Incendie du Borgo*, 1851.—On trouve aussi dans cette suite,—qui, dans l'idée du graveur, devait être employée comme modèle dans les écoles de dessin, — une tête de *Saint Pierre crucifié*, d'après Van Dyck extraite d'un tableau du Musée de Bruxelles.

49. *La Cenci*, d'après le Guide. 1851.

C'est cette même année 1851 que parut le prospectus du recueil intitulé : *Musée historique belge, ou collection de portraits gravés d'après les tableaux de grands maîtres , par une réunion d'artistes , sous la direction de L. Calamatta, directeur de l'École royale de gravure de Bruxelles.* Notices historiques par *Félix Stappaerts.* Il devait paraître vingt-quatre portraits en deux séries : il en parut dix. En voici le relevé :

Charles Quint d'après Titien, gravé par Morelli 1847;

Hans Hemeling (sic) *se ipse* — Desvachez;

François Duquesnoy, Van Dyck — Desvachez ;

Van Dyck *se ipse* — Demannez ;

Gérard Edelinck, H. Rigaud — Demannez ;

Godefroid de Bouillon — Calamatta *delin.* Demannez *sculp.* 1858.

Philippe Le Bon; Rog. Vanderweyden — Delboete 1856.

Le Prince de Ligne — Falmagne.

Grétry; M⁰ Vigée-Lebrun — Falmagne.

Rubens ; *se ipse* — Calamatta (sans date).

N. B. Les dessins de ces planches vendus, à la mortuaire de Calamatta, ont obtenu de très-hauts prix.

50. Portrait de Madame Louise Marcotte, née Bequet — d'après Ingres — fac-simile 1851.

51. Mad. Marcotte Genlis — Ingres — fac-similé 1852.

52. Portrait de *Raoul-Rochette*, d'après le médaillon de David d'Angers. 1855.

53. *Diplôme de l'Exposition universelle de Paris*, d'après Ingres. 1855.

54. *Sainte Famille*, d'après Raphaël, dite *Madonna de l'Impannata*, estampe restée inachevée. 1855.

55. Portrait de *Legentil*, d'après Etex. 1856.

56. Portrait de *Mercuri*, d'après lui-même. 1860.

57. *Chameaux et têtes de loups*, d'après Orsel (avec Delboete). 1865.

58. *Soldat qui frappe à une porte*, d'après Madou. 1852.

59. *Tête d'ange de la vierge de Foligno.* 1852.

60. *Profil d'une figure représentant le fleuve la Loire*, d'après Orsel. 1860.

61. *M. Marcotte d'Argenteuil*, Ingres (1818) fac-simile. ~~1852.~~ 1865

62. *Mme Duclos Marcotte.* Ingres (1825) fac-simile.

63. *Raoul-Rochette* d'après Mme Calamatta, la fille de l'illustre archéologue. — Manière noire. 1855.

64. *Le Docteur Martinet.* 1856.

65. *Christophe Colomb*, d'après Robert-Fleury. 1865.

66. *Galilee*, d'après le même, in-fol. 1865.

67. *La source*, d'après Ingres, in-fol. 1868.

—

68. *La Vierge à la chaise*, de Raphaël (pendant de la Madonna della casa di Terra Nuova de Metzmacher) Paris, Dusacq.

69. *Le Christ chez Marthe et Marie*, d'après Lesueur ; chalcographie du Louvre (n° 4750.)

70. *Le Christ et St. Pierre sur les flots*. L. Cigoli — sans date, mais paraissant appartenir à la jeunesse du maître.

71. *Victor Emmanuel* — en collaboration avec Demannez.

72. *Cavour*, A. Masucchi *delin*.

75. *Mazzini*, accoudé à un tertre ; figure à mi-corps.

74. *Fourrier*, d'après Gigoux ; figure en pied.

75. *Difessa di Roma* (1849) d'après de Belly, gravé avec la collaboration de L. Lelli, manière noire ; in fol. atlantique.

76. *François d'Assise*, roi d'Espagne, époux d'Isabelle II, grand portrait d'après Madrazzo.

77. *Souvenir de la patrie*, d'après Alfred Stevens — manière noire, gravé en collaboration avec Demannez.

78. *Benvenuto Cellini*, pour la galerie de Florence.

79. *Guillaume, seigneur de Montmorency*, pour la galerie de Versailles.

80. *Léda*, d'après Léonard de Vinci. Calamatta *deli. et direx*. Planche pour l'*Artiste*, gravée en collaboration avec Demannez.

81. Portrait de la *princesse Mathilde*, d'après Ary Scheffer.

1. Portrait du docteur *Martinet*, d'après Ingres. 1826.

2. *L'Italie*, 1831. Lithographie de Lemercier à Paris. L'Italie rompt ses chaines de couronnes et de la tiare, et s'élance, le glaive à la main, à la conquête de la liberté, in-4°.

3. Mgr *Casanelli d'Istria*, évêque d'Ajaccio. Imp. Lemercier, in-fol. (non signée).

4. *M. B. J. Van de Poll*, Staats-Raad, Burgemeester der Stad Amsterdam. — Amsterdam 1832. Grand in-fol. — Très-belle œuvre.

5 *Jeune Nord-Hollandaise*. Buste grand in-fol. — Dessiné d'après nature par Calamatta. Amsterdam, Buffa. Imp. Lemercier.

6. *Jeune Frisonne* (pendant de la pièce précédente).

7. Mme *Malibran-Garcia*, — non signé. — Bruxelles, lithog. de Daems.

8. *Léon XII*. Mercuri *delineavit* — non signé.

9. *Boudville*, d'après Madame Mérimée, planche sans inscription.

Calamatta a fait paraître plusieurs ouvrages exécutés sous sa direction par ses élèves et d'autres artistes.

La suite des *Loges de Raphaël* de De Meulemeester a été terminée sous sa conduite.

Ses meilleurs élèves ont travaillé pour le grand ouvrage des *Galeries de Versailles* qu'il a dirigé avec Mercuri.

L'ouvrage de la *Galerie de Florence*, publié par Achille Paris, contient également d'excellentes planches gravées à Bruxelles sous la direction de Calamatta.

On peut encore citer :

« *Collection d'études d'après les anciens maîtres, la majeure partie d'après les tableaux originaux par Calamatta et lithographiées par les artistes les plus habiles de l'époque.* 1839.

(Têtes d'après Memling, Léonard de Vinci, André Del Sarto, Fra Bartolomeo, Massacio, 3 livres; Paris, 1842.)

« *Études de dessin calquées principalement sur la Transfiguration de Raphaël*, lithographiées sous la direction de Calamatta, 50 pl. Bruxelles, 1840.